AF363852

VENTE

du Samedi 12 Mars 1904

Hôtel Drouot, Salle n° 9

ESTAMPES
ANCIENNES

Imprimées en noir et en couleur

DES ÉCOLES FRANÇAISE ET ANGLAISE

Pièces sur les Sports

appartenant à M^r M.

1904

Commissaire-Priseur

Me LAIR-DUBREUIL

Expert

M. PAUL ROBLIN

CATALOGUE
D'ESTAMPES

ANCIENNES

Imprimées en noir et en couleur

DES ÉCOLES FRANÇAISE ET ANGLAISE

Pièces sur les Sports

Par ou d'après BIGG, BOILLY, CHAPONNIER, CHARPENTIER,
DEBUCOURT, DUBUFE, FINCHAM, FOURNIER,
HAMILTON, JAZET, LAMBERT,
LE BARBIER, LEVILLY, MALLET, MARTINET,
MORLAND, SCHALL, SMITH, SINGLETON,
THOUVENIN, Etc.

Le tout appartenant à M^r M.

DONT LA VENTE AUX ENCHÈRES PUBLIQUES AURA LIEU

Hôtel des Commissaires-Priseurs, rue Drouot, N° 9

Salle N° 9.

Le Samedi 12 Mars 1904, à Deux heures.

Commissaire-Priseur

Me LAIR-DUBREUIL

6, Rue du Hanovre.

Expert

M. Paul ROBLIN

65, Rue Saint-Lazare.

CONDITIONS DE LA VENTE

Elle sera faite au comptant.

Les Acquéreurs payeront *dix pour cent* en sus des prix d'adjudication.

MM. les Amateurs pourront visiter les Estampes, 65, rue Saint-Lazare, du Mardi 8 au Vendredi 11 mars 1904.

DÉSIGNATION

AUGRAND (Parfait)

1. Qu'ils sont gentils !

> Epreuve en couleur.

BALLONS (Pièce sur les)

2. Fête au Champ de Mars.

> Pièce coloriée.

BASSET, BLAISOT (d'après)

3. La Petite Savoyarde. — Retour du Collège. Deux pièces par Duthé et Bonnefoy.

> Epreuves en couleur. On y a joint une épreuve en noir de la 2ᵉ.

BIGG (d'après W. R.)

4. Morning after the Strom, par W. Ward.

> Très belle épreuve imprimée en couleur.

5. The Farewell, or Harvestman going out. — Welcome Home or the Harvestman Return. Deux pièces faisant pendants, gravées par Dunkarton.

> Epreuves en couleur.

6. Shipwreckd sailor Boy telling his story at a cottage door, par J. Schmitz.

> Belle épreuve imprimée en couleur.

BOILLY (d'après L.)

7. L'Amant poète, par Levilly.

> Belle épreuve.

BOILLY (d'après L.)

8. La Crainte mal fondée. — La Tourterelle
chérie. Deux pièces faisant pendants, gravées
par Allais.
   Epreuves imprimées en couleur.

9. La Tourterelle chérie, par Allais.
   Epreuve imprimée en couleur.

BOIZOT, BOUNIEU (d'après)

10. Phèdre et Hippolyte. — Bonté de la reine
Blanche. Deux pièces par Laurent et Le
Grand.
   Epreuves en couleur.

BUNBURY (d'après)

11. Like a Worm it bud feedinher Damask sheeck,
par Bartolonii.
   Epreuve imprimée en couleur.

BURKE (J.)

12. The Gleaning Girl, d'après S. de Koster.
   Bonne épreuve.

CARDON (H.)

13. Hébé, d'après Villiers Huet.
   Très belle épreuve avant la lettre sur papier de
Chine.

CARESME (d'après)

14. Lorenzo reçoit la visite de son frère.
   Epreuve imprimée en couleur.

CARICATURES

15. Machine à raser. Londres, 1846.

> Lithographie coloriée.

16. Scènes de Mœurs italiennes. Cinq pièces par Lasinio.

> Epreuves coloriées.

CHAILLOU (d'après)

17. Les Présens de l'Indigence ou le présent du pauvre Paria, par Mariage.

> Epreuve imprimée en couleur.

18. Histoire d'Enée. Trois pièces par Noël et Schenker.

> Epreuves imprimées en couleur.

CHAPONNIER

19. Le Premier pas. — Les Suites du premier pas. — L'Ambition. — La Superstition. Suite de quatre pièces.

> Belles épreuves imprimées en couleur.

20. Les Suites d'un premier pas.

> Epreuve imprimée en couleur.

CHARON (A Paris chez)

21. L'Oiseau attrapé, ou la chasse aux gluaux. — La Comédie ambulante ou le plaisir inattendu. — Le Lapin sur le mur, ou les enfants en extase. Trois pièces.

> Belles épreuves en couleur.

CHARPENTIER (d'après)

22. Silvio, 1ᵉʳ navigateur qui découvre l'idée de la navigation. — Le premier navigateur arrêté à la porte de la cabane. — Le premier navigateur dans la cabane de Sémire. — Le premier navigateur et Mélide. — Sémire et Mélide. Suite de cinq pièces gravées par Mariage.
    Belles épreuves imprimées en couleur.

23. Le Premier navigateur arrêté à la porte de la Cabane, par Mariage.
    Epreuve imprimée en couleur.

CHASSELAT (d'après)

24. Un jour de mariage. — Un an de mariage. Deux pièces gravées par Choubard.
    Epreuves imprimées en couleur.

25. Le Retour de la laitière. — Le Petit frère arrivé de nourrice. Deux pièces gravées par Noël et Duthé.
    Belles épreuves imprimées en couleur.

CHASSELAT, VERNET (d'après)

26. Histoire de Paul et Virginie. Suite de quatre pièces. — Napoléon en Prusse. — Guillaume Tell. — Mathilde et Malek-Adhel au Tombeau de Montmorency. — Malek-Adhel sauve Mathilde de la fureur des Arabes Bédouins. Huit pièces.
    Epreuves en couleur.

COLIN (d'après)

27. L'Été. — L'Hiver. — Le Drapeau libérateur. Trois pièces par Piolini et Kœnig.
    Epreuves en couleur.

COOK (d'après)

28.   La Dame du Lac, par Prot.
       Belle épreuve imprimée en couleur.

COQUENTIN (d'après)

29.   Histoire d'Enée. Suite de quatre pièces gravées
       par Legrand et Chaponnier.
       Epreuves imprimées en couleur.

CURTY et ULYSSE DENIS (d'après)

30.   Histoire de Lycurgue, n° 2, 3, 4, 6. Quatre
       pièces gravées par Legrand et Mariage.
       Belles épreuves imprimées en couleur.

DEBUCOURT (L.-P.)

31.   Les Visites. (M. F. 63).
       Belle épreuve.

32.   La femme et le mari ou les époux à la mode.(148)
       Belle épreuve.

33.   Les Galants surannés ou les petits papas à la
       mode. (165)
       Belle épreuve.

34.   Les Petits Messieurs ou les Adolescens à la
       mode. (172)
       Belle épreuve.

35.   Grand-garde de lanciers Polonais, d'après H.
       Vernet. (423)
       Epreuve en couleur.

DEBUCOURT (L.-P.)

36. La Belle Frascatane, maîtresse de Raphaël.—
Adèle la Vénitienne, maîtresse du Tintoret.—
Mlle Liendens, maîtresse de Rubens. — Mlle
Van Maelder, maîtresse du célèbre Van-
Dyck. (490-493). Suite de quatre portraits.
Très belles épreuves en couleur.

DEVILLY (J. P.)

37. Morigiani reconnait le Voleur arabe malgré
son déguisement.
Belle épreuve imprimé en couleur.

DONAS

38. Sujets d'Amours. Suite de trois pièces.
Belles épreuves à toutes marges.

DUBUFE (d'après)

39. Coquetterie. — Innocence. — Regrets. —
Souvenirs. Suite de quatre pièces gravées à la
manière noire, par Maile et S. W. Reynolds.
Très belles épreuves.

40. Coquetterie. — Innocence. — Regrets. Trois
pièces gravées par Maile et S. W. Reynolds.
Belles épreuves.

41. Coquetterie.— Innocence. Deux pièces gravées
à la manière noire par Maile.
Belles épreuves.

DUBUFE, LEPAULLE (d'après)

42. Amour. — Le calme. — L'Emotion. Trois
pièces gravées à la manière noire par Maile.
Belles épreuves.

43. — Les mêmes estampes.
Belles épreuves.

DUVIVIER (d'après)

44. Les Saisons. Suite de quatre pièces gravées par
Duthé.

> Épreuves en couleur.

FINCHAM (d'après)

45. Bacchante Sieeping. — Vénus Bathing. Deux
pièces faisant pendants, gravées par Smith et
Peirson.

> Très belles épreuves imprimées en couleur, grandes
> marges.

FOURNIER (d'après)

46. Le Serpent sous les roses. — Le Coup de
Tonnerre. Deux pièces faisant pendants, gravées par Cazenave.

> Très belles épreuves en couleur.

FUSELI (d'après H.)

47. Prince Arthur's Vision, par O. W. Tomkins,
élève de Bartolozzi.

> Très belle épreuve imprimée en couleur.

HAMILTON (d'après W.)

48. Les Mures, par A. Legrand, terminé par
Chaponnier.

> Très belle épreuve imprimée en couleur. Grandes
> marges.

49. Les Occupations de l'été, par Duthé.

> Très belle épreuve imprimée en couleur.

50. Henry the Eighth, par C. G. Playter.

> Très belle épreuve imprimée en couleur.

HAMILTON (W.), RAMBERG (d'après)

51. Prince Edmond, surnommé Bras de fer, et
Algithe. — Henry Lord Darnley avec le
Lord Ruthuen et Georges Douglas. — La
Rencontre du Roi Edouard et de son frère
le Duc d'York. Trois pièces gravées par
Romain Girard.
 Belles épreuves imprimées en couleur.

JAZET

52. Bivouac du 3ᵉ Régiment de Hussards, com-
mandé par le Colonel Moncey, d'après H.
Vernet ; in-fol.
 Belle épreuve en couleur.

53. Le Braconnier pris, d'après W. Kidd.
 Belle épreuve.

54. Agrippine, veuve de Germanicus, débarque à
Brundusium. — Antoine au bucher de César.
— Mort d'Epaminondas. Trois pièces
d'après B. West.
 Epreuves en couleur.

KŒNIG

55. Erigone. — Flore et Zéphire. Deux pièces
faisant pendants, d'après T. V. et Lordon.
 Très belles épreuves en couleur. Grandes marges.

LAFITTE (d'après)

56. Mars. — Juin. — Septembre. — Octobre. —
Décembre. Cinq pièces gravées par Tresca.
 Epreuves imprimées en couleur.

LAMBERT (d'après)

57. Histoire de Paul et Virginie, planches 2, 4, 5.
— Robinson dîne en famille. Quatre pièces
par Legrand et Duthé.
 Belles épreuves imprimées en couleur.

LAMBERT (d'après)

58. Le Parc aux cerfs, par Thouvenin.
Epreuve imprimée en couleur.

LANCRET (d'après N.)

59. Le Glorieux, par N. Dupuis.
Bonne épreuve.

LAURIE and WHITTLE (Publ. by)

60. Bonny Hodge. — Crazi Jane. — The Fruit Girl. Trois pièces gravées à la manière noire.
Belles épreuves, marges.

LE BARBIER L'AÎNÉ (d'après)

61. Histoire des Incas. Suite de six estampes in-fol. en larg., gravées par Mariage.
Belles épreuves imprimées en couleur.

62. — Trois planches doubles. N° 3, 5, 6.
Belles épreuves imprimées en couleur, dont une avant la légende.

LEFÈVRE MARCHAND

63. Le Matin. — Le Soir. Deux pièces faisant pendants, d'après Carle Dujardin.
Epreuves en couleur.

LEPAULLE (d'après)

64. Le Calme, gravé à la manière noire, par Maile.
Deux épreuves.

LEROY, MARRIS (d'après)

65. La Toilette d'Esther. — Le Triomphe de Mardochée. Deux pièces par Danois et Thouvenain.

    Epreuves en couleur.

LEVILLY (J.-P.)

66. Sujets d'enfants. Deux pièces faisant pendants.

    Très belles épreuves imprimées en couleur.

LORDON (d'après)

67. Histoire de Télémaque. Cinq pièces par Benoist, Choubard et Dissard.

    Epreuves imprimées en couleur.

68. — Deux planches doubles.

    Epreuves imprimées en couleur.

MALLET (d'après)

69. Julie ou le Premier baiser de l'amour, par Copia.

    Très belle épreuve imprimée et rehaussée en couleur. Petites marges.

MARTINET (d'après)

70. L'Automne, par Jazet.

    Très belle épreuve en couleur.

71. Histoire de Don Quichotte. Cinq pièces gravées par Jazet.

    Belles épreuves en couleur.

72. Gil Blas voleur malgré lui. — Gil Blas s'échappe de la caverne des voleurs. Deux pièces par Jazet.

    Belles épreuves en couleur.

MARTINET (d'après)

73. Gonzalve délivre Zuléma des mains de ses ravis-
     seurs. — Gonzalve devient épris de la Belle
     Zuléma. Deux pièces gravées par Levachez.
     Belles épreuves en couleur.

MORLAND (d'après G.)

74. Bar's door. — Inside a Country ale House.
     Deux pièces par Ward.
     Très belles épreuves en couleur. Sans marges.

75. The Farmer's Stable. — The Farmyard. Deux
     pièces par Ward.
     Très belles épreuves en couleur. Sans marges.

76. Feeding the Pigs. — Return from market.
     Deux pièces par Ward.
     Très belles épreuves en couleur. Sans marges.

77. The effects of extravagance and Idleness. —
     The Fruits of early Industry and Œconomy.
     Deux pièces faisant pendants, gravées par
     Darcis.
     Belles épreuves.

MORLAND (d'après Henry)

78. Ladys Maid Soaping Linnen. A la manière
     noire, par P. Daws.
     Très belle épreuve, marges.

PYLE (d'après R.)

79. Peace, gravé à la manière noire par Ch. Corbet.
     Très belle épreuve, grandes marges.

RAPHAEL (d'après)

80. Histoire de Psyché. Trois pièces gravées par Mariage.
Belles épreuves imprimées en couleur.

RÉVOLUTION (Pièces sur la)

81. Condorcet se donnant la mort dans sa prison. — Massacre de Lyon ordonné par Collot d'Herbois. — Mort de Loiserolles. — Cécilia Renaud est arrêtée par ordre de Robespierre. — Pacification de la Vendée. — Séance du Corps législatif à l'orangerie de Saint-Cloud. Suite de six pièces en larg., d'après Fragonard, Bertaux et autres.
Epreuves avec marges.

82. Mort de Jean Paul Marat. — Arrestation du Duc d'Orléans. — Exécution de Charlotte Corday. — Arrestation de Robespierre. — La Mort de Robespierre. — Dumouriez arrête Beurnonville. Suite de six pièces d'après Barbier, Beys et Pellegrini.
Epreuves avec marges.

REYNOLDS (S. W.)

83. Souvenirs, gravé à la manière noire d'après Dubufe.
Belle épreuve.

RULLMANN (d'après)

84. Elle cède à ses enchantements. — Elle commence à l'écouter. — Elle combat les feux qu'il allume. — Il a recours à l'hymen. Suite de quatre pièces gravées par Prot.
Epreuves imprimées en couleur.

85. — Elle cède à ses enchantements, par Prot.
Belle épreuve imprimée en couleur.

SCHALL (d'après)

86. La grotte de l'hymen, par Chaponnier.

Très belle épreuve imprimée en couleur.

87. Histoire de Don Quichotte. Suite de quatre pièces gravées par Descourtis.

Très belles épreuves imprimées en couleur. Grandes marges.

88. Histoire de Paul et Virginie. Deux pièces par Descourtis.

Epreuves imprimées en couleur.

89. Histoire de Louis XIV et de Mme de La Vallière. Cinq pièces par Ruotte et Prudhon fils.

Epreuves imprimées en couleur.

SHERVIN (d'après)

90. La danse de Village. — Le Village abandonné. Deux pièces faisant pendants, gravées par Chaponnier.

Epreuves imprimées en couleur.

SICARDI (d'après)

91. Oh ! che Boccone ! par Burke.

Epreuve imprimée en couleur.

SINGLETON (d'après H.)

92. Ruth and her mother, par H. Gillbank.

Très belle épreuve imprimée en couleur.

SIXDENIERS

93. L'attente, gravé à la manière noire d'après A. Pagès.

Belle épreuve.

SMITH (J. R.)

94. Albine. — Héloïse. Deux pièces faisant pendants, publiées en janvier 1807.

> Très belles épreuves imprimées en couleur et
> rehaussées. Grandes marges.

95. Milk maid and Cow herd. — The Hard Bur-
gain. Deux pièces.

> Epreuves en couleur.

SPORTS (Pièces sur les)

96. Cheval allant au manège, par Jazet d'après C.
Vernet.

> Epreuve en couleur.

97. Shirmisher, dessiné et gravé par Ch. Hunt.

> Epreuve coloriée.

98. Chasse à la bécasse. — Chasse au faisan. —
Chasse au lapin. Trois pièces par Geoffroy
et Moreau.

> Epreuves en couleur.

99. Etudes de chevaux. — Attelages. — Chasses.
— Courses. Dix lithographies in-folio par
Adam, Soulange, Tessier, Walker, etc.

> Epreuves coloriées.

THOUVENIN

100. La Cène, d'après West et L. de Vinci. — La
Bénédiction des enfants, d'après West. —
L'entrée de Jésus-Christ dans Jérusalem. —
Les Noces de Cana. — La Fuite en Egypte.
Six pièces.

> Epreuves imprimées en couleur.

WARD (J.) GIANNI (d'après)

101. Les Quatre Saisons, par Bartolotti et Tresca.
Belles épreuves imprimées en couleur, marges.

WEXELBERG (d'après)

102. Le Berger malin. — La Danse villageoise.
Deux pièces faisant pendants, gravées par
Moreau.
Epreuves imprimées en couleur.

WHEATLY (d'après)

103. Marchande d'Allumettes, par Aliprandi.
Epreuve avec marges.

104. Sous ce numéro, il sera vendu par lots environ
soixante estampes et lithographies, en noir et
en couleur.

105. Cinq portefeuilles.

GRANDE IMPRIMERIE DU CENTRE. — HERBIN, MONTLUÇON.